De la 5^e
à la 4^e

Les Légendaires

Petites énigmes extraordinaires

Activités conçues par
François Lecellier

W0325730

LAROUSSE

21, rue du Montparnasse 75283 Paris Cedex 06

Direction de la publication : Carine Girac-Marinier

Direction éditoriale : Julie Pelpel-Moulian

Édition : Célia Reynaud, Olympe Richez

Correction : Audrey Peuportier

Direction artistique : Uli Meindl

Mise en pages : SKGD-Création

Fabrication : Axelle Hosten

ISBN : 978-2-03-601891-4

PAPIER À BASE DE FIBRES CERTIFIÉES

LAROUSSE s'engage pour l'environnement en réduisant l'empreinte carbone de ses livres. Celle de cet exemplaire est de : 600 g éq. CO_2
Rendez-vous sur www.larousse-durable.fr

LES LÉGENDAIRES

INTRÉPIDES, ILS ÉTAIENT LES CINQ JUSTICIERS LÉGENDAIRES, PROTECTEURS DES MONDES D'ALYSIA ET D'ASTRIA. RIEN NE POUVAIT LES ARRÊTER ! SANS RELÂCHE, ILS COMBATTAIENT LE SORCIER NOIR DARKHELL ET CONTRECARRAIENT SES PLANS VISANT À S'EMPARER DU MONDE.

MALHEUREUSEMENT, PENDANT LEUR DERNIER AFFRONTEMENT CONTRE LE SORCIER, LES LÉGENDAIRES ONT FAIT UNE ERREUR, ET LA PIERRE DE JOVÉNIA A ÉTÉ BRISÉE ! TOUS LES HABITANTS DES MONDES D'ALYSIA ET D'ASTRIA SONT REDEVENUS DES ENFANTS.

DEVENUS DES PARIAS, LES LÉGENDAIRES SE SONT SÉPARÉS. MAIS DANAËL, LEUR CHEF, A ENTENDU PARLER D'UN MOYEN DE RAMENER L'ÉQUILIBRE... LES LÉGENDAIRES VONT DEVOIR REFORMER LEUR ÉQUIPE POUR SE FAIRE PARDONNER. PAS FACILE QUAND ON NE MESURE QU'UN MÈTRE TRENTE !

MAIS DANAËL, JADINA, RAZZIA, SHIMY ET GRYF ONT PLUS D'UN TOUR DANS LEUR SAC !

CAR, APRÈS TOUT, HÉROS UN JOUR...

Sommaire

ÉNIGME 1 :
LA COURSE DE VOLANTHYLS P. 7

ÉNIGME 2 :
BALADE AU VILLAGE P. 19

ÉNIGME 3 :
LE CHÂTEAU DE DARKHELL P. 33

ÉNIGME 4 :
LE CHAMPION D'OROBAN P. 45

ÉNIGME 5 :
RETOUR À MATASA P. 59

Sommaire par compétence

MATHÉMATIQUES

Fractions.................. 9, 37, 54, 69
Calculs 10, 26, 35, 40
Nombres relatifs...................... 11
Vitesses 13, 55
Statistiques 15, 58, 65, 66
Repérage dans l'espace 18, 44,
.... 50, 71
Volumes 21, 24, 47
Suites 22
Géométrie 28, 62
Périmètres 29
Symétrie centrale 39, 71
Aires 42
Proportionnalité...................... 43
Triangles 49
Ordonnancement..................... 52
Moyenne à calculer 56
Angles.................................... 61

FRANÇAIS

Conjugaison........... 17, 23, 51, 63
Préfixes 12
Conjonctions 14
Vocabulaire 16, 31, 36,
.... 38, 48, 53, 57
Phrases négatives.................... 25
Orthographe 27
Mots invariables 30
Pronoms 41
Adverbes 64
Déterminants 67
Prépositions 68

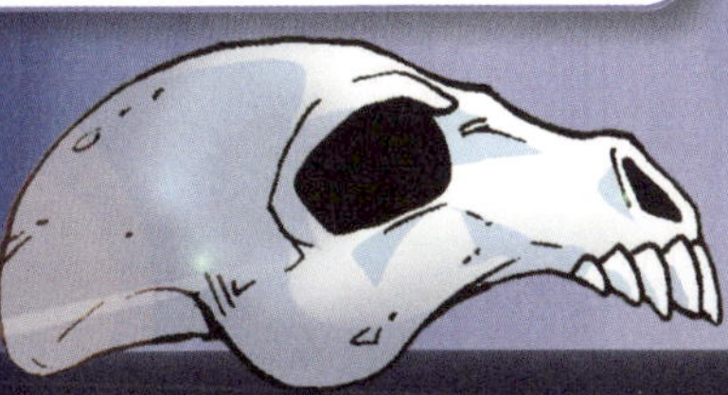

Les Légendaires

Danaël

Danaël est le leader des Légendaires. D'une grande noblesse d'esprit, ce chevalier du royaume de Larbos s'est fixé pour but de combattre l'injustice partout dans le monde d'Alysia.

Gryf

Gryf est le meilleur ami de Danaël et le plus courageux des Légendaires. Mais son courage s'accompagne d'un caractère impulsif qui lui attire souvent des ennuis.

Jadina

Jadina est princesse et magicienne. C'est une enfant gâtée parfois insupportable, mais d'une grande intelligence et d'un grand coeur.

Razzia

Razzia est le plus fort des Légendaires. Sa jovialité lui permet de surmonter ses complexes et il répond toujours présent lorsque ses amis ont besoin de lui.

Shimy

Shimy est une elfe élémentaire, elle peut fusionner avec le feu, l'eau et la terre, d'où elle tire ses pouvoirs. Elle montre très peu ses sentiments.

La course de volanthyls

La course de volanthyls

Danaël a accepté de participer à la course de volanthyls, il se demande pourquoi. Peut-être parce que le prince Halan l'a défié tout simplement ! Mais à présent il n'est plus tellement sûr de lui... La course se fait juste au-dessus de l'eau, or Danaël ne sait pas nager. L'intrépide Légendaire prend toutefois son courage à deux mains et se présente sur la ligne de départ.

SUR SON VOLANTHYL, DANAËL FAIT FACE À DIX CONCURRENTS. LE BUT DE LA COURSE EST DE FAIRE LE TOUR DE L'ÎLE LE PLUS RAPIDEMENT POSSIBLE. DANAËL DOIT GAGNER, POUR SON HONNEUR, ET UN PEU AUSSI POUR JADINA QUI L'OBSERVE QUELQUE PART PARMI LES SPECTATEURS...

À vos marques...

ÉNIGME 1

Le départ va bientôt être donné. Danaël ne veut surtout pas le manquer. Il essaye de rester concentré et de respirer calmement.

Aide Danaël à se concentrer sur sa respiration en complétant les égalités suivantes.

$\frac{5}{3} = \frac{\dots}{9}$

$\frac{3}{\dots} = \frac{1}{2}$

$\frac{5}{8} = \frac{20}{\dots}$

$\frac{\dots}{16} = \frac{2}{4}$

$\frac{3}{\dots} = \frac{15}{45}$

$\frac{42}{49} = \frac{\dots}{7}$

$\frac{8}{\dots} = \frac{56}{42}$

$\frac{\dots}{56} = \frac{10}{7}$

$\frac{8}{14} = \frac{\dots}{7}$

$\frac{60}{\dots} = \frac{10}{6}$

Observe toutes les boussoles de cette énigme 1, elles pourront aider Danaël.

La bonne direction

ÉNIGME 1

La course est lancée. Danaël doit décider s'il faut dépasser le grand voilier devant lui par la droite ou par la gauche. La bonne décision lui permettrait de gagner un peu de temps sur ses concurrents.

Aide Danaël à choisir. Pour cela, réalise les opérations puis additionne les résultats de chaque colonne. Danaël doit emprunter le chemin qui a le résultat le plus grand.

GAUCHE	DROITE
6 X 3 + 7 X 5 = ...	6 X (3 + 7) X 5 = ...
(32 − 18) : 2 + 1 = ...	32 − 18 : 2 + 1 = ...
12 + 3 X 5 − 8 : 4 = ...	(12 + 3) X (8 − 5) : 3 = ...
5 − 4 − 2 + 1 = ...	5 − [4 − (2 + 1)] = ...
18 : (9 − 6) X 2 = ...	18 : 9 − 6 X 2 = ...

Danaël décide de passer à .... du bateau.

Le classement

Le bateau est dépassé ! Danaël peut maintenant se concentrer sur sa course. Mais il ne sait pas exactement où en sont ses concurrents.

Pour que Danaël se rende mieux compte de sa position, indique sur la droite graduée ci-dessous la position de chacun de ses concurrents.

A : 2	B : 0,7	C : -3,5	D : 3,7	E : -2,8
F : -4	G : -0,4	H : 2,6	I : 1,6	J : -1,5

Danaël se trouve au point 3,4.
Combien de concurrents sont devant lui ?
_ concurrent(s).

Divagations...

ÉNIGME 1

Danaël connaît maintenant sa position. Il doit conserver son avance et, si possible, passer en tête. Mais, difficile de rester concentré ! Son esprit divague vers d'autres considérations...

Pour chaque phrase, trouve un mot de la même famille que le mot en rouge en utilisant un préfixe.

APRÈS SON RÉGIME, RAZZIA
A BEAUCOUP MAIGRI :
IL EST ....

GRYF SORT UN RUBIS DE LA TERRE :
IL LE ....

CE PARCHEMIN EST DIFFICILE À LIRE :
IL EST ....

DARKHELL A VOLÉ UNE ÉPÉE PRÉCIEUSE,
IL N'EST PAS HONNÊTE :
IL EST ....

CE GIRAWA N'OBÉIT PAS AUX ORDRES :
IL EST ....

APRÈS LA DESTRUCTION DE LA PIERRE DE JOVÉNIA,
LE PEUPLE PARAÎT PLUS JEUNE :
IL A ....

JADINA A QUITTÉ SES CHAUSSURES :
ELLE S'EST ....

LE VOLANTHYL VOLE AU-DESSUS DE L'OCÉAN,
IL LE ....

Vitesse et temps

ÉNIGME 1

Le volanthyl de Danaël progresse bien et il est parti pour rester dans les premiers. Mais la course est encore longue et d'autres concurrents avancent rapidement !

Complète chaque phrase en effectuant les calculs nécessaires. Souviens-toi : la vitesse est égale à la distance divisée par le temps.

LE PREMIER CONCURRENT VOLE À 15 KM/H PENDANT 45 MINUTES, IL PARCOURT .... KM.

LE SECOND CONCURRENT VOLE À 18 KM/H PENDANT .... MINUTES, IL PARCOURT 10,8 KM.

LE TROISIÈME CONCURRENT VOLE À 12 KM/H PENDANT 28 MINUTES, PUIS ACCÉLÈRE À 21 KM/H PENDANT 21 MINUTES. IL PARCOURT AU TOTAL .... KM.

LE QUATRIÈME CONCURRENT VOLE À .... KM/H PENDANT 1 H 30, IL PARCOURT 15 KM.

LE CINQUIÈME CONCURRENT VOLE À 19 KM/H PENDANT 1 H 09, IL PARCOURT .... KM.

Coordination ou subordination ?

ÉNIGME 1

Danaël fait le maximum pour relancer sa course et éviter que d'autres concurrents ne le rattrapent. Il sait que ses amis comptent sur lui !

Dans le texte suivant, indique si les mots en rouge sont des conjonctions de coordination (CC) ou de subordination (CS).

À MOINS QUE (......................) LES AUTRES CONCURRENTS NE FASSENT UNE REMONTÉE RAPIDE, DANAËL SERA EN AVANCE À PLUS DE LA MOITIÉ DE LA COURSE. GRYF ET (......................) JADINA POURRAIENT L'ENCOURAGER SUR LE RESTE DU PARCOURS. OR (......................), COMME ILS SONT TROP LOIN, DANAËL CROIT QU'(......................) IL NE RÉUSSIRA PAS À LES VOIR OU (......................) À LES ENTENDRE SI (......................) ILS NE FONT PAS UN BRUIT ASSOURDISSANT. QUAND (......................) IL PASSERA LA DERNIÈRE BALISE, IL POURRA ENFIN LES ENTENDRE, MAIS (......................) IL EST CERTAIN QUE SES AMIS FERONT ENCORE PLUS DE BRUIT APRÈS QU'(......................) IL AURA PASSÉ LA LIGNE D'ARRIVÉE.

La bonne pêche

ÉNIGME 1

La course touche à sa fin et Danaël est toujours dans le trio de tête ! Il s'accroche fermement à son volanthyl pour éviter de tomber à l'eau. Juste en dessous de lui, il voit des poissons.

Le tableau suivant montre la répartition des poissons par couleur. Représente les données du tableau sous la forme d'un histogramme (graphique avec des colonnes).

COULEURS	VERT	BLEU	ROUGE	BLANC
POISSONS	15	10	22	18

Grille de mots

ÉNIGME 1

C'est la dernière ligne droite. Danaël encourage son volanthyl à accélérer encore. La ligne d'arrivée se dessine à l'horizon et le Légendaire compte bien la passer en premier.

Complète la grille de mots croisés suivante pour aider Danaël à remporter la victoire.

HORIZONTAL

2. PERSONNE PARTICIPANT À UNE COURSE
5. PLANCHE INCLINÉE POUR FACILITER UN SAUT
6. QUI PRÉCÈDE QUELQU'UN DANS LE TEMPS
7. SUCCÈS DANS UNE COMPÉTITION

VERTICAL

1. COURSE À PIED DE 42,195 KM
8. ITINÉRAIRE D'UNE ÉPREUVE SPORTIVE
3. ÊTRE VAINQUEUR
4. ÉTOFFE

Retrouvailles

ÉNIGME 1

La ligne franchie, les amis de Danaël se précipitent vers lui pour connaître les détails de la course.

Dans le texte suivant, conjugue les verbes entre parenthèses à l'imparfait ou au passé simple selon ce qui convient le mieux pour comprendre ce que raconte Danaël.

« JE (DEVOIR) .... FAIRE ATTENTION À TOUT LE MONDE. LES AUTRES (ÊTRE) .... RAPIDES ET DANGEREUX. IL (FALLOIR) .... QUE JE SOIS DANS LES PREMIERS POUR RÉUSSIR À GAGNER. JE (S'ÉLANCER) .... RAPIDEMENT DANS LA COURSE. NOUS (AVANCER) .... TOUS LES UNS CONTRE LES AUTRES, MAIS UN CONCURRENT (SE PLACER) .... DEVANT MOI ET JE (FAIRE) .... UN DÉTOUR POUR L'ÉVITER. JE (PERDRE) .... AINSI UNE OU DEUX PLACES, MAIS CELA N'(IMPACTER) .... PAS MA COURSE. J'(ÊTRE) .... DANS LES PREMIERS QUAND MÊME ! VOUS AURIEZ DÛ ÊTRE LÀ ! CE (ÊTRE) .... EXTRAORDINAIRE. J'(AVOIR) .... L'IMPRESSION DE VOLER. »

Plan de course

ÉNIGME 1

Grâce à ton aide, Danaël a passé la ligne d'arrivée en tête et a terminé la course de volanthyls.

Place les indices des boussoles trouvés sur les pages précédentes dans le tableau à double-entrée ci-dessous, puis relie-les pour tracer le parcours de Danaël autour de l'île.

	1	2	3	4	5	6	7	8	9	10
A										
B										
C										
D										
E										
F										
G										
H										
I										
J										
K										
L										
M										

Danaël est fou de joie ! On lui remet la coupe devant ses amis qui l'applaudissent.

Balade au village

Balade au village

Un matin, alors que les garçons dorment encore à poings fermés, Jadina et Shimy décident d'explorer le village dans lequel le groupe s'est arrêté. Elles sortent de l'auberge et observent les alentours. Les deux Légendaires marchent tranquillement dans la rue principale et flânent en admirant les différentes boutiques.

LES DEUX JEUNES FILLES N'ONT PAS DE BUT PRÉCIS. ELLES VEULENT JUSTE PASSER LE TEMPS PENDANT QUE LES GARÇONS TERMINENT LEUR NUIT. QUEL BONHEUR D'AVOIR UN PEU DE TEMPS LIBRE !

Coffret à bijoux

ÉNIGME 2

Alors qu'elles progressent dans le village, Jadina et Shimy s'arrêtent devant une boutique qui vend de nombreux coffrets à bijoux en forme de cylindre. Bien vite, elles commencent à discuter et à se disputer pour savoir quel coffret a le plus grand volume.

Départage Shimy et Jadina en indiquant le volume de chaque coffret ci-dessous. Arrondis au dixième près.

Le plus grand coffret est le coffret _ .

Biscuits et gourmandise

ÉNIGME 2

Après avoir passé du temps devant la boutique, Shimy et Jadina se dirigent vers une autre échoppe qui propose des petits biscuits tous plus appétissants les uns que les autres. Les deux amies décident d'en acheter un plateau.

Le magasin propose différents assortiments. Voici la représentation des trois premiers plateaux. Observe-les et réponds aux questions.

• COMBIEN DE GÂTEAUX SERONT DISPOSÉS SUR LE QUATRIÈME PLATEAU ? _ _ .

• EN FONCTION DU NUMÉRO N DU PLATEAU, INDIQUE LA FORMULE QUI PERMET DE TROUVER LE NOMBRE DE GÂTEAUX QU'IL CONTIENT : _ _ _ _ _ _ .

• COMBIEN DE GÂTEAUX CONTIENT LE VINGT-CINQUIÈME PLATEAU ? _ _ _ .

• SHIMY ET JADINA DÉCIDENT D'ACHETER LE VINGTIÈME PLATEAU, COMBIEN COMPORTE-T-IL DE GÂTEAUX ? _ _ .

Quelle est la dixième lettre de ce dernier nombre quand tu l'écris en toutes lettres ? La lettre _ .

Problème de transport

ÉNIGME 2

Avec tous ces biscuits, voilà les deux Légendaires vraiment chargées et elles n'ont pas prévu de quoi transporter leurs achats.

Dans le texte ci-dessous, conjugue les verbes au présent de l'indicatif pour découvrir comment les deux amies vont transporter leurs achats.

AVEC LEURS GÂTEAUX, SHIMY ET JADINA (AVOIR) .... LES MAINS PRISES. ELLES (DEVOIR) .... TROUVER UNE SOLUTION POUR POUVOIR LES TRANSPORTER PLUS FACILEMENT. ELLES (CHERCHER) .... UN PANIER OU UN RÉCIPIENT ASSEZ GRAND. ELLES NE (VOULOIR) .... SURTOUT PAS PERDRE TROP DE TEMPS. UN VENDEUR LEUR (PROPOSER) .... UN PANIER RECTANGULAIRE.

« VOUS (VOIR) ...., IL (ÊTRE) .... ASSEZ GRAND POUR TOUT CONTENIR », (DIRE) ....-IL.

« NOUS LE (PRENDRE) .... ! » (RÉPONDRE) .... SHIMY AVEC ENTHOUSIASME.

ELLES (REPARTIR) .... AVEC LE PANIER QUELQUES INSTANTS PLUS TARD.

Par quelle lettre se terminent les verbes du premier groupe quand ils sont conjugués à la première personne du singulier du présent de l'indicatif ? La lettre _ .

Les boîtes magiques

ÉNIGME 2

Alors qu'elles poursuivent leur visite du village, un camelot interpelle les deux amies pour leur montrer ses boîtes magiques. Toutes sont en forme de parallélépipède rectangle, mais aucune ne semble identique.

Aide Jadina et Shimy à trouver le point commun entre toutes les boîtes proposées.

Le point commun entre les boîtes est leur _ _ _ _ _ _ .

Quelle est la dernière lettre de la réponse ? La lettre _ .

Confrontation

ÉNIGME 2

Après avoir répondu à la petite énigme des boîtes, les deux jeunes filles continuent leur promenade. Mais comme à son habitude, Shimy a décidé de contredire Jadina sur tout !

Pour chaque phrase de Jadina, indique la phrase négative prononcée par Shimy.

PHRASES AFFIRMATIVES	PHRASES NÉGATIVES
J'AI TOUJOURS ACHETÉ DES GÂTEAUX.	JE .... DE GÂTEAUX.
JE ME SUIS SOUVENT PROMENÉE DANS LES RUES.	JE .... DANS LES RUES.
LE CHIEN MÂCHOUILLE UN OS.	LE CHIEN .... D'OS.
LE CHAT LAPPE DU LAIT.	LE CHAT .... DU LAIT.
DEMAIN, C'EST L'ANNIVERSAIRE DE DANAËL.	DEMAIN, ... L'ANNIVERSAIRE DE DANAËL.

Quelle est la lettre commune dans les prénoms des deux jeunes filles ? La lettre _ .

L'échoppe de fruits

ÉNIGME 2

Après cette petite joute verbale, les deux Légendaires reprennent leur visite du village. En chemin, elles rencontrent une marchande de fruits qui a besoin d'aide pour calculer le prix de ces lots.

Sachant qu'une pomme coûte 1,5 kishu, qu'une orange coûte 2,3 kishus et qu'une poire coûte 1,8 kishu, indique le prix de chaque lot de fruits.

Quel est le lot le moins cher ? C'est le lot _ .

Le bon accent

ÉNIGME 2

Les deux amies reprennent leur balade, mais tombent sur un écrivain public qui semble bien embêté. Il est blessé à la main et n'a pas pu terminer de mettre les accents sur les mots de son texte.

Observe bien les deux colonnes. Puis, aide Shimy et Jadina en entourant les mots ou groupes de mots correctement orthographiés.

- A -	- B -
UN CONTRÔLE	UN CONTROLE
UN IMPOT	UN IMPÔT
UNE CHUTE	UNE CHÛTE
UNE POÊLE	UNE POÈLE
ÊTRE HONNÊTE	ÊTRE HONNÈTE
C'EST BIENTOT LA NUIT	C'EST BIENTÔT LA NUIT
UNE FÊTE	UNE FETE
LA FORET	LA FORÊT

Quelle colonne comporte le plus de bonnes réponses ?
Il s'agit de la colonne _ .

Miroir, miroir…

ÉNIGME 2

La visite du village continue. Un magasin particulièrement bien achalandé attire l'attention des deux jeunes filles. Dans la vitrine, un miroir magnifique plaît beaucoup à Jadina.

Dessine le miroir : il est composé d'un triangle équilatéral de 4 cm de côté rouge et sur chaque côté du miroir un demi-cercle doré est accolé.

Quelle est la consonne que l'on retrouve deux fois dans le mot « miroir » ? La lettre _ .

Le périmètre

ÉNIGME 2

Le marchand accepte de vendre le miroir pour un prix très modique si les deux amies parviennent à répondre à son énigme.

Chaque demi-cercle mesure 4 cm de diamètre et il y en a trois. Le triangle est équilatéral et mesure 4 cm de côté. Quel est le périmètre du miroir, demi-cercles dorés inclus ? Arrondis au dixième près.

PÉRIMÈTRE :

....

....

.... CM.

Le marchand accepte de vendre le miroir à moitié prix. Quand elles retournent l'objet, elles voient la lettre E inscrite au dos.

Variable et invariable

ÉNIGME 2

Jadina et Shimy décident de s'arrêter une dernière fois afin d'acheter un en-cas pour Razzia. Les cinq amis doivent en effet reprendre la route dans la journée et les jeunes femmes connaissent l'appétit légendaire de leur ami.

Barre les mots invariables pour découvrir ce que Jadina et Shimy ont acheté.

MAIS	RAPIDEMENT	AUPRÈS
CERTES	AUTREFOIS	MERINGUÉE
SANS	DORÉNAVANT	DAVANTAGE
AINSI	COMME	PUISQUE
JAMAIS	NAGUÈRE	PARFOIS
DEPUIS	COMBIEN	PAR
CEPENDANT	DESSUS	NÉANMOINS
HIER	LONGTEMPS	MOINS
DÉSORMAIS	JADIS	TOUTEFOIS
TARTE	DÉJÀ	DEMAIN
DONC	TRAVERS	AVEC

Quelle lettre ajoute-t-on au pluriel régulier d'un nom commun ? La lettre _ .

Retour à l'auberge

ÉNIGME 2

Les deux jeunes filles ont terminé leurs emplettes et retournent à l'auberge pour retrouver les garçons. Avec les gâteaux, elles ont de quoi préparer un excellent petit-déjeuner !

Relève les lettres des indices des pages précédentes, puis complète les cases ci-dessous pour trouver le mot caché. Attention, c'est à toi de trouver le bon ordre pour les lettres.

					D					

Bravo ! Nos héroïnes rentrent enfin auprès de leurs amis.

Grille

ÉNIGME 2

À leur retour, Danaël, Gryf et Razzia sont réveillés. Les cinq gourmands se partagent les gâteaux avant de se remettre en route pour de nouvelles aventures !

Complète la grille en retirant à chaque ligne la lettre indiquée à sa première apparition. Les lettres restantes t'aideront à connaître la prochaine destination des héros.

L	G	E	E	I	N	A	D	R	E	S	-L
G	E	E	I	N	A	D	R	E	S	-A	
									-E		
								-E			
							-R				
						-G					
					-N						
				-S							
			-I								

Les Légendaires sont fin prêts à repartir !
Ils se rendent dans le repère de _ A R K H _ L L.

Le château de Darkhell

Le château de Darkhell

Les Légendaires ont décidé de retourner explorer l'ancien château de Darkhell pour être certains de ne pas avoir laissé d'objet qui pourraient tomber entre de mauvaises mains là-bas. Ils savent que le chemin sera long et semé d'embûches, Cependant ils ne peuvent pas s'empêcher de penser que le sorcier noir a peut-être conservé une partie de ses artéfacts dans une salle au trésor…

LES HÉROS SE METTENT EN ROUTE À DOS DE GIRAWA ET SE RETROUVENT FACE À LA MONTAGNE SOMBRE QUI ABRITE LE CHÂTEAU. DANAËL PREND LA TÊTE DE LEUR EXPÉDITION.

L'ascension

ÉNIGME 3

La montagne est immense et les cinq Légendaires doivent la gravir à pied pour accéder au château. Ils attachent leurs montures en bas de la montagne et débutent l'ascension.

Aide Danaël et ses amis à parvenir au sommet de la montagne.

+								
+	-							
x	-	-						
:	-	x	+					
-	+	+	:	x				
-	-	x	+	-	x			
+	+	-	x	x	+	-		
0,5	3,5	8	9	2,5	7	12,5	1,5	
-	+	x	+	:	+	x	-	
2	1,5	2	4	5	2	5	2,5	1

Bravo ! Les Légendaires ont enfin atteint le sommet de la montagne.

Toc toc !

ÉNIGME 3

Pour entrer dans le château, Danaël et ses camarades doivent emprunter le passage secret souterrain. Ils cherchent le moindre indice pouvant leur indiquer la voie.

Aide les Légendaires à rentrer dans le château en reliant les mots à leur définition.

S'INGÉNIER •	• ACTION VILE, HONTEUSE
BATIFOLER •	• SANS ÊTRE CONNU
INFAMIE •	• RUSE
OSTENSIBLEMENT •	• DE FACON ÉVIDENTE
INCOGNITO •	• S'AMUSER
STRATAGÈME •	• TÂCHER DE TROUVER

Le passage est ouvert et les Légendaires entrent dans le château.

Carrelage maudit

ÉNIGME 3

Une fois entrés, les cinq héros se retrouvent dans une salle au carrelage gravé de nombres. Shimy se souvient qu'il faut marcher sur les cases contenant un nombre inférieur à 5.

Aide les Légendaires à se déplacer sur le carrelage en entourant les fractions inférieures à 5.

	$\frac{6}{3}$	$\frac{8}{9}$	$\frac{18}{5}$	$\frac{22}{3}$	$\frac{99}{4}$	$\frac{85}{5}$	
	$\frac{9}{2}$	$\frac{15}{9}$	$\frac{12}{5}$	$\frac{99}{2}$	$\frac{88}{8}$	$\frac{77}{7}$	
	$\frac{45}{10}$	$\frac{12}{2}$	$\frac{43}{9}$	$\frac{57}{11}$	$\frac{57}{10}$	$\frac{51}{7}$	
	$\frac{36}{12}$	$\frac{36}{6}$	$\frac{5}{8}$	$\frac{44}{9}$	$\frac{44}{5}$	$\frac{84}{5}$	
	$\frac{9}{4}$	$\frac{36}{3}$	$\frac{16}{3}$	$\frac{19}{4}$	$\frac{81}{7}$	$\frac{22}{4}$	
DÉPART	$\frac{10}{5}$	$\frac{36}{2}$	$\frac{41}{10}$	$\frac{11}{5}$	$\frac{95}{12}$	$\frac{85}{7}$	
	$\frac{19}{3}$	$\frac{41}{8}$	$\frac{5}{2}$	$\frac{77}{11}$	$\frac{21}{4}$	$\frac{5}{7}$	ARRIVÉE
	$\frac{30}{90}$	$\frac{3}{9}$	$\frac{6}{4}$	$\frac{54}{9}$	$\frac{11}{2}$	$\frac{4}{3}$	
	$\frac{55}{45}$	$\frac{50}{7}$	$\frac{51}{10}$	$\frac{55}{9}$	$\frac{22}{3}$	$\frac{3}{4}$	
	$\frac{41}{52}$	$\frac{54}{10}$	$\frac{23}{4}$	$\frac{19}{3}$	$\frac{25}{3}$	$\frac{51}{74}$	
	$\frac{21}{9}$	$\frac{22}{8}$	$\frac{24}{78}$	$\frac{55}{12}$	$\frac{58}{9}$	$\frac{77}{55}$	
	$\frac{22}{4}$	$\frac{53}{3}$	$\frac{21}{2}$	$\frac{12}{9}$	$\frac{51}{7}$	$\frac{9}{8}$	
	$\frac{29}{5}$	$\frac{25}{2}$	$\frac{22}{3}$	$\frac{22}{5}$	$\frac{5}{4}$	$\frac{7}{8}$	

L'escalier

ÉNIGME 3

Arrivés au bout de la grande salle, les cinq compagnons se retrouvent face à un escalier qui descend vers les profondeurs du château. Ils s'y engagent prudemment, une marche après l'autre, pour être certains de ne pas tomber sur un piège.

Aide les Légendaires à atteindre le bas de l'escalier en trouvant les mots rouges composés des lettres rouges de la marche précédente et de la lettre noire à ajouter. À toi de placer les lettres dans le bon ordre afin de compléter les six mots manquants.

	A								
L	L	A							
C	L	A	C						
E	C								
B	C								
R	B								
I	B								
G	C								
O	B								

Ouf ! Aucun piège n'a entravé la descente des héros qui poursuivent leur quête.

Symétrie

ÉNIGME 3

Parvenus au bas de l'escalier, les héros se trouvent maintenant dans une pièce très sombre, et ils ne savent pas exactement où aller. Gryf se saisit d'une torche et peut ainsi observer un motif rouge au sol.

Pour permettre à Gryf et ses amis de trouver le motif complet, dessine le symétrique de la figure ci-dessous par rapport à l'étoile.

Au centre de la forme, un carré se dessine.
Les Légendaires se placent au centre et le sol commence à descendre : un ascenseur !

La porte magique

ÉNIGME 3

L'ascenseur termine sa course et les héros se retrouvent face à une porte fermée. À chaque angle de la porte et en son centre, une expression mathématique est inscrite, mais les calculs sont faux !

Ajoute des parenthèses aux différents calculs pour les rendre justes, puis résous le calcul central.

9 + 3 x 15
= 180

2 + 3 x 5 + 4
= 45

180 + 45 x 106 – 198

= ....

8 + 9 x 6 + 4
= 106

9 x 5 + 17
= 198

Une fois les calculs complétés, la porte s'ouvre devant les Légendaires.

Le bon pronom

ÉNIGME 3

Les cinq amis touchent au but. Devant eux, la pièce est richement décorée, mais il n'y a aucune autre porte. Sur les murs, Darkhell semble simplement avoir pris des notes sur les Légendaires et leurs points faibles. Que faire avec ces phrases ?

Entoure le pronom relatif qui convient pour chaque phrase.

SHIMY AIMERAIT RETOURNER DANS LE VILLAGE (DONT/OÙ) SES PARENTS SONT NÉS.

DANAËL PREND AU SÉRIEUX LA MISSION (À LAQUELLE/QUI) IL EST DESTINÉ.

LES HISTOIRES (QUE/DONT) GRYF SE VANTE SONT INVENTÉES.

RAZZIA RÊVE DE LA FÊTE (QUE/À LAQUELLE) IL EST INVITÉ.

LE HÉROS (QUE/POUR LEQUEL) JE TROUVE LE PLUS VIL EST DANAËL.

J'ENSORCELLERAI CE COLLIER (QUE/DONT) JADINA ACHÈTERA.

JE POURRAIS ENVOÛTER UN GIRAWA (QUI/AUQUEL) MORDRAIT RAZZIA.

CE LIVRE (QUE/QUI) JE POSSÈDE POURRAIT DÉTRUIRE LES LÉGENDAIRES.

À peine la dernière phrase est-elle corrigée, qu'un bruit sec se fait entendre.

La trappe secrète

ÉNIGME 3

Un coffre secret s'est ouvert derrière nos héros et un morceau de métal apparaît à l'intérieur. Il semble s'emboîter parfaitement dans un des murs de la salle ! Danaël prend les choses en main et positionne l'objet dans le mur.

Calcule l'aire de la pièce métallique violette.

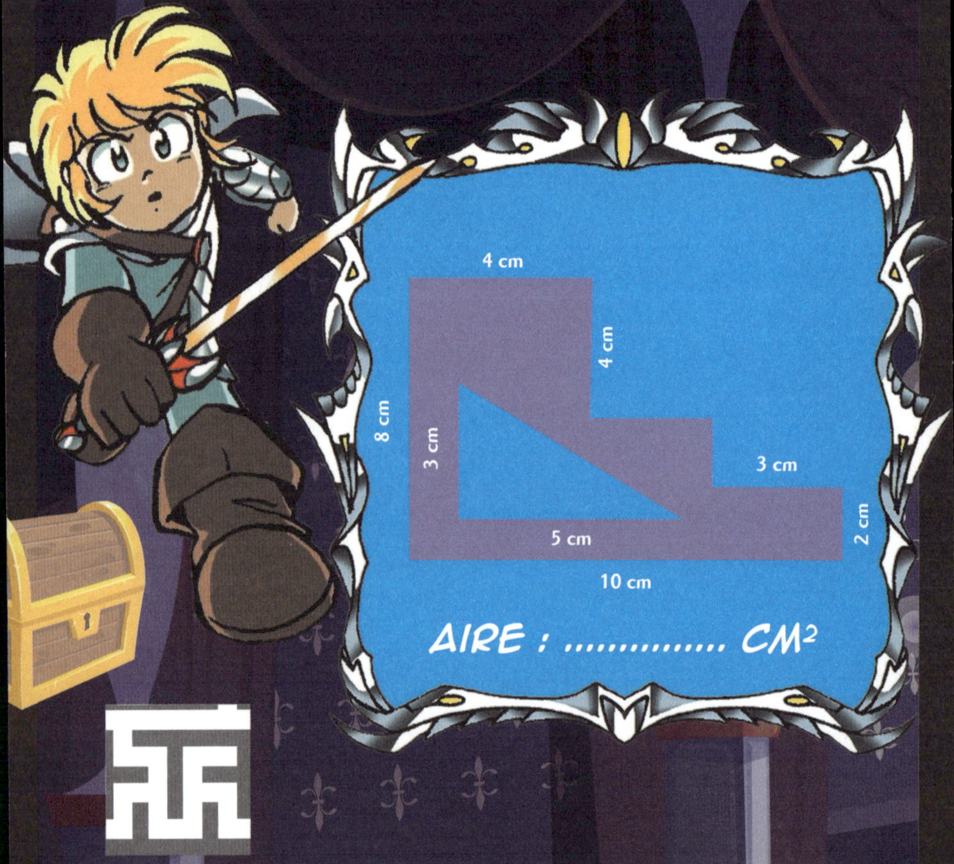

L'objet est bien positionné. Un panneau coulisse et révèle la dernière porte avant la salle secrète de Darkhell.

Tableaux de proportionnalité

ÉNIGME 3

Cette dernière porte est composée de quatre tableaux c ontenant chacun six nombres. Pour la déverrouiller, les héros doivent appuyer sur les bons tableaux.

Pour chaque tableau, indique « oui » s'il s'agit d'un tableau de proportionnalité ou « non » si ce n'en est pas un.

2	4	9
8	16	36

......

2	7	9
3,2	10,5	12,6

......

3	7	11
9	13	17

......

3	5	8
3,9	6,5	10,4

......

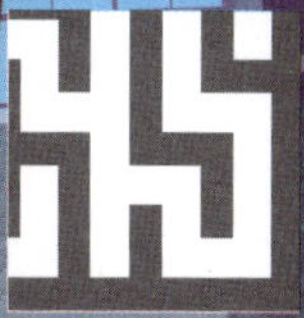

Après avoir appuyé sur les bons panneaux, la porte s'ouvre devant les Légendaires qui n'ont plus qu'une énigme à résoudre à présent.

Le labyrinthe

Énigme 3

Les héros sont maintenant à l'entrée du labyrinthe menant à la salle au trésor. Il leur faut utiliser les indices récoltés en chemin pour ne pas se perdre et trouver facilement la sortie.

Dans chaque case, dessine le labyrinthe grâce aux indices des pages précédentes, puis trouve la sortie.

P. 35	P. 36	P. 37
P. 38	P. 39	P. 40
P. 41	P. 42	P. 43

Sortis du labyrinthe, les amis découvrent un vieux grimoire. Nul doute qu'ainsi, protégé au centre du château, il a une grande valeur pour Darkhell. Danaël s'en empare et les Légendaires quittent le château.

Le champion d'Oroban

Le champion d'Oroban

Chaque année, les habitants d'Oroban organisent une grande compétition locale. Gryf a entendu parler de cet événement et n'a pas pu résister : il veut se mesurer aux autres et voir s'il parvient à remporter le titre de champion et donc la coupe.

LES CONCURRENTS VONT S'AFFRONTER AU COURS DE DIFFÉRENTES ÉPREUVES. ILS DEVRONT METTRE À L'HONNEUR LEUR FORCE, LEUR ADRESSE ET LEUR ENDURANCE. QUE LA COMPÉTITION COMMENCE !

Les sphères d'eau

ÉNIGME 4

Pour la première épreuve, les participants doivent remplir des bacs à l'aide de sphères remplies d'eau. La course s'annonce longue et palpitante.

Calcule le volume du bac et celui d'une sphère (arrondis au dixième près). Combien de sphères faudra-t-il pour remplir le bac ?

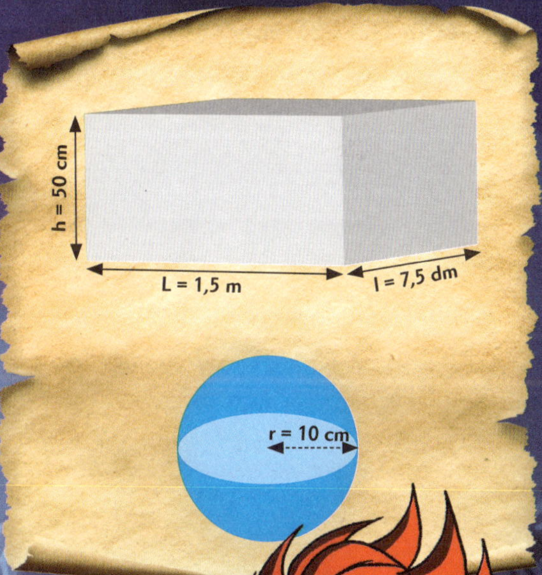

Il faudra .... sphères
pour remplir le bac.

Grille de mots

ÉNIGME 4

La première épreuve terminée, Gryf se prépare pour l'épreuve de lutte. Il sait qu'il fait partie des favoris. Gryf se positionne face à son adversaire. Le combat peut débuter !

Complète la grille suivante en te servant des définitions proposées.

HORIZONTAL

10. GAGNANT D'UN COMBAT.
4. BATAILLE.
6. TRIOMPHER D'UN ADVERSAIRE.
8. COMBAT À MAINS NUES.
9. PRIX GAGNÉ LORS D'UNE LOTERIE.

VERTICAL

1. SUCCÈS.
2. QUI NE BOUGE PAS.
3. LES ... ET LES AUTRES.
5. ACTIVITÉ ARTISTIQUE.
7. N'EST PAS IMAGINAIRE.

Gryf triomphe de son adversaire sans trop de difficultés.
Place à l'épreuve suivante : la course.

Que le meilleur gagne !

ÉNIGME 4

Les concurrents vont maintenant s'affronter dans une épreuve de course. Ils doivent suivre le parcours dessiné au sol. Gryf s'élance rapidement pour remporter cette épreuve.

Calcule la distance ABCA parcourue par Gryf le long du parcours en forme de triangle. Pour cela, utilise le théorème de Pythagore et sa réciproque.

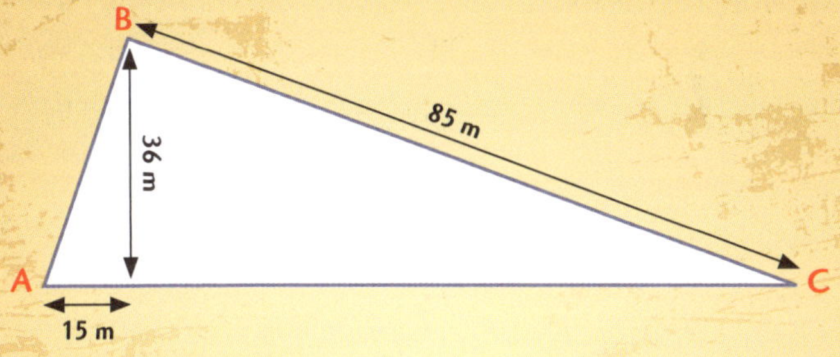

Gryf court aussi vite qu'il le peut et parvient à devancer ses adversaires d'une légère tête.

Course d'orientation

ÉNIGME 4

Après cette course d'anthologie, les concurrents participent à une autre course, d'orientation cette fois.
À l'aide d'une grille, ils doivent se rendre aux différents points indiqués, et ce le plus rapidement possible.

Aide Gryf à se repérer pour la course d'orientation en lui indiquant la position des points où il doit se rendre.

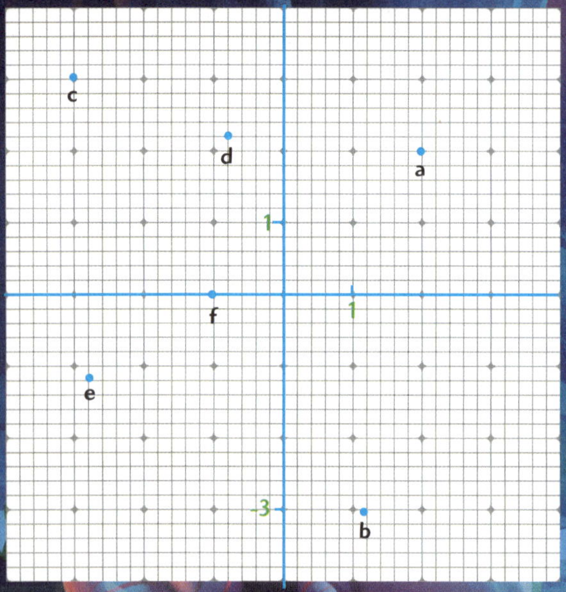

a = (2 ; 2) b = (............ ; ....)

c = (............ ; ....) d = (............ ; ....)

e = (............ ; ....) f = (............ ; ....)

**Gryf ne parvient pas à gagner la course.
Cependant, il ne termine pas dernier, ce qui le rassure.**

Le bon temps

ÉNIGME 4

Lors de la pause, Gryf n'est plus du tout sûr de lui. Il n'a pas connaissance du classement global et ses résultats ne lui permettent pas de se situer. Est-il dans les premiers ? Ses amis tentent de l'encourager du mieux qu'ils peuvent.

Pour chaque phrase, conjugue le verbe entre parenthèses au présent du subjonctif.

IL FAUT QUE J'(AVANCER) .... LE PLUS RAPIDEMENT POSSIBLE.

C'EST GRÂCE À CES CUBES QU'ILS (GAGNER) .... LA COMPÉTITION.

IL EST PROBABLE QUE VOUS (PERDRE) .... LA PARTIE.

POUR CETTE ÉPREUVE, IL FAUT QU'IL (AVOIR) .... LE PLUS DE POINTS POSSIBLE.

QUAND TU PARTICIPES À UNE ÉPREUVE, IL FAUT QUE TU (ÊTRE) .... À L'HEURE.

AVEC LES AUTRES, PARFOIS, IL FAUT QUE NOUS (PRENDRE) .... NOTRE TEMPS POUR COMPRENDRE LA RÈGLE DU JEU.

Plus confiant, Gryf reprend la compétition.

Ordre croissant

ÉNIGME 4

La prochaine épreuve est sur le point de commencer. Le but est de trier le plus vite possible des parchemins par ordre croissant.

Aide Gryf à trier les parchemins dans l'ordre croissant.

395

- 451

25

-52

103

-27

44

-754

....

....

Gryf montre son classement aux juges du concours. Bravo ! Il ne s'est pas trompé une seule fois.

Jeux de mots

ÉNIGME 4

Les épreuves s'enchaînent. Il est désormais question de précision. Au fond du parcours, les juges ont disposé des planches de bois avec chacune un mot inscrit. De l'autre côté du parcours, se trouvent des phrases dans lesquelles il manque un mot.

Aide Gryf en complétant les phrases avec les mots proposés ci-dessous.

MAIN — RIVIÈRE — LIVRE

RADIS — DAGUE — CHANCE

J'AI RAPPORTÉ DU MARCHÉ UNE BOTTE DE ....

APRÈS UNE BONNE POIGNÉE DE ...., LES DEUX AMIS SE SONT SÉPARÉS.

QUAND J'AI OUVERT CE ...., JE ME SUIS DEMANDÉ DE QUOI IL PARLAIT.

POUR CETTE COMPÉTITION, IL LUI FAUT UN PEU DE ....

IL FAISAIT CHAUD, JE ME SUIS BAIGNÉ DANS LA ....

ELLE NE SAIT PLUS OÙ ELLE A POSÉ SA .... TRANCHANTE.

Gryf réussit à compléter les phrases et espère que cela suffira à le placer en tête.

Fractions

Dans l'épreuve suivante, Gryf se voit distribuer différentes formes. Il doit écrire la fraction représentée par la partie colorée.

Pour chaque forme, indique la fraction correspondant à la partie colorée.

Gryf s'en sort plutôt bien, mais il a vu d'autres candidats terminer avant lui. Il espère vraiment que la dernière épreuve sera plus physique pour pouvoir dépenser son énergie.

Dernière épreuve

ÉNIGME 4

L'heure de la dernière épreuve est arrivée !
Les participants doivent traverser un parcours d'obstacles le plus rapidement possible. Enfin un défi physique que Gryf apprécie. Il va pouvoir battre tous les autres, c'est certain !

Indique en combien de temps Gryf franchit chaque obstacle.

1 ÉCHELLE DE 15 MARCHES, 2 SECONDES PAR MARCHE SOIT .... SECONDES.

6 HAIES, 4 SECONDES PAR HAIE SOIT .... SECONDES.

8 POTEAUX DE SLALOM, 6 SECONDES PAR POTEAU SOIT .... SECONDES.

20 MARCHES D'ESCALIER, 1,8 SECONDE PAR MARCHE SOIT .... SECONDES.

25 PRISES D'ESCALADE, 3,4 SECONDES PAR PRISE SOIT .... SECONDES.

Au total, Gryf a mis .... minutes
et .... secondes pour finir le parcours.

Moyenne

ÉNIGME 4

Les juges vont maintenant calculer le nombre de points de chaque concurrent pour chaque épreuve avant d'annoncer le gagnant de cette grande compétition.

Sur les pages précédentes, récupère le nombre de points de Gryf inscrit sur les coupes, puis calcule la moyenne de ses points.

PAGE	46	47	48	49	50
NOMBRE DE POINTS	....	....	....	....	....
PAGE	51	52	53	54	55
POINTS	....	....	....	....	....

....

....

....

....

....

La moyenne de Gryf est de : ....

Message codé

ÉNIGME 4

En attendant que l'arbitre annonce les résultats, Gryf rejoint ses amis venus le soutenir. Il a réussi beaucoup d'épreuves, mais a été devancé sur d'autres.

Déchiffre ce que Gryf dit à ses amis.

M■RC♦ D'ÊTR■ V■N●S M■
S★●T■N♦R ! VOUS ÊT■S
L■S M■ILL■URS ▲M♦S QU■
J'▲♦ J▲M▲♦S ■●S. MÊM■
S♦ JE P■RDS, J■ M■ S●♦S
B♦■N ▲M●SÉ ■T J■ SU♦S
C★NT■NT D'▲V★♦R P▲RT♦C♦PÉ.

A = ▲
E = ■
I = ♦
O = ★
U = ●

L'heure des résultats a sonné. Même s'il ne gagne pas, Gryf sait que ses amis seront fiers de lui car il a donné le meilleur de lui-même !

Graphique

ÉNIGME 4

L'arbitre annonce qu'il a terminé de calculer les points de chaque concurrent. Gryf attend avec les autres.

Trace l'histogramme (graphique avec des colonnes) des points de Gryf. Puis trace une ligne au niveau de sa moyenne.

« Et le grand vainqueur est… GRYF ! » proclame l'arbitre. Notre héros repart avec une magnifique coupe.

Retour à Matasa

Retour à Matasa

Après avoir escorté un convoi de pierres précieuses, Danaël et Razzia doivent regagner Matasa à dos de girawa. Les autres Légendaires les attendent avec impatience. La route est encore longue et, comme à son habitude, Razzia a faim. Les deux amis préparent donc un feu de camp pour manger un morceau.

RIEN DE TEL QUE DE REPRENDRE DES FORCES, CAR LA ROUTE S'ANNONCE ENCORE LONGUE ET PÉRILLEUSE…

La croisée des chemins

ÉNIGME 5

Danaël et Razzia reprennent la route et arrivent à un croisement. Danaël observe les indications, mais ne voit pas leur destination. D'après la carte, il faut prendre la route qui tourne à 124 degrés.

Aide Danaël et Razzia à choisir la bonne route en calculant (sans mesurer) les angles indiqués sur la figure. Les droites (AB) et (CD) sont parallèles.

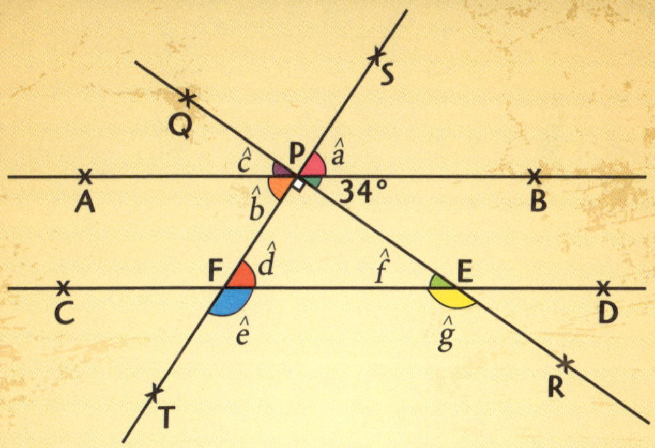

- $\hat{a}$ = ... degrés
- $\hat{b}$ = ... degrés
- $\hat{c}$ = ... degrés
- $\hat{d}$ = ... degrés
- $\hat{e}$ = ... degrés
- $\hat{f}$ = ... degrés
- $\hat{g}$ = ... degrés

Les deux amis doivent se rendre vers la lettre _ .

Le passeur

ÉNIGME 5

La route est agréable et les deux amis devisent calmement tout en profitant du paysage. Arrivés devant un plan d'eau, Danaël et Razzia demandent au passeur de les conduire sur l'autre rive à bord de son bac.

Représente la rivière et le bac à l'endroit où Danaël et Razzia vont traverser. Pour cela, utilise les indications sur le parchemin.

LE PLAN D'EAU FORME UN PARALLÉLOGRAMME RIVE.

[RI] = 7 CM, [IV] = 3 CM ET $\widehat{RIV}$ = 30°.

LE BAC EST UN CARRÉ BACV DE 2 CM DE CÔTÉ.

Hypothèses et suppositions

ÉNIGME 5

De l'autre côté de la rivière, Danaël et Razzia se demandent ce qui se passerait si leur mission était un échec.

Conjugue le verbe entre parenthèses au présent du conditionnel.

SI LES BANDITS ATTAQUAIENT,
NOUS NOUS (BATTRE) ....
SI JE ME PERDAIS, JE (RETROUVER)
.... CERTAINEMENT MON CHEMIN.
LE GIRAWA (POUVOIR) ....
SE BLESSER EN ROUTE.
RAZZIA, TU (COURIR) ....
CHERCHER DE L'AIDE PENDANT QUE
JE LES (RETENIR) ....
MESSIEURS LES MARCHANDS, EN CAS
DE GRABUGE, VOUS VOUS
(METTRE) .... À L'ABRI.
APRÈS NOTRE VICTOIRE, LES BANDITS
SE (SAUVER) ....
CERTAINEMENT.

À table !

ÉNIGME 5

Les deux amis décident de faire une pause à l'auberge pour se restaurer. C'est leur jour de chance : s'ils complètent la liste inscrite sur l'ardoise, on leur offre le repas.

Pour que Razzia et Danaël puissent manger gratuitement, complète la liste en indiquant l'adverbe correspondant à chaque adjectif.

FRÉQUENT -> ....

SUFFISANT -> ....

COURANT -> ....

COPIEUX -> ....

FOU -> ....

GAI -> ....

INNOCENT -> ....

LONG -> ....

TRISTE -> ....

SILENCIEUX -> ....

4 NORD-EST

Razzia commande un repas pantagruélique et l'aubergiste se demande s'il n'aurait pas mieux fait d'offrir le couvert à d'autres clients !

Bulletin météo

ÉNIGME 5

Razzia et Danaël repartent. Ils ont encore pas mal de chemin à parcourir. Pour passer le temps, ils discutent de la pluie et du beau temps.

Complète le diagramme circulaire correspondant aux données du tableau pour illustrer les propos des deux Légendaires. Sur le diagramme, indique les fractions correspondant à chaque ville.

VILLE	TÉKINBOLOS	MATASA	OROBAN	PINKOULI
JOURS DE VENT	5	15	10	20

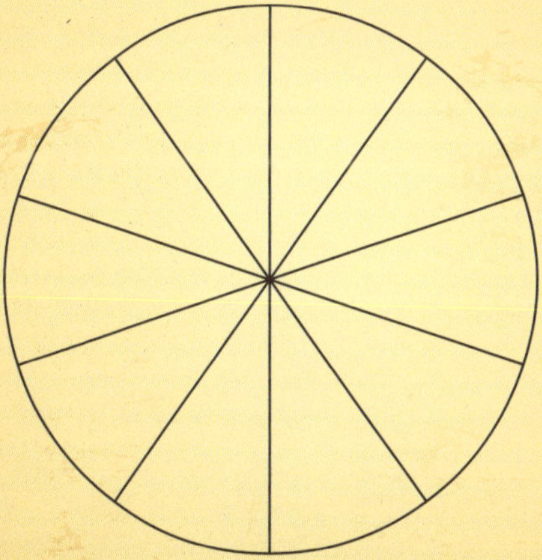

Matasa et Pinkouli sont les villes les plus proches de la mer. Que peut-on voir sur le graphique ?

....

Averse de chiffres

ÉNIGME 5

Danaël remarque que le nombre de jours de pluie et de jours de vent sont liés.

Complète le tableau ci-dessous en utilisant l'équation suivante : P = 98 – 3 x V. P est le nombre de jours de pluie et V est le nombre de jours de vent.

VILLE	TÉKINBOLOS	MATASA	OROBAN	PINKOULI
JOURS DE VENT	5	15	10	20
JOURS DE PLUIE	....	....	....	....

« Ah, tu vois, z'avais raison ! » s'exclame Razzia après avoir fait les calculs. « Plus il y a de vent, moins il y a de pluie ! »

Les pronoms possessifs

ÉNIGME 5

Les deux Légendaires ont hâte de retrouver leurs amis.

Pour chaque phrase, utilise un déterminant qui convient.

JADINA REFUSE QU'ON TOUCHE
À SON BÂTON.
ELLE NE PRÊTE QUE RAREMENT
.... AFFAIRES.
HEUREUSEMENT, DANAËL ET RAZZIA
PARTAGENT .... REPAS.
GRYF, JADINA ET MOI, NOUS
AVONS .... HABITUDES.
SHIMY VEILLE AVEC SOIN
SUR .... CAPE DE VOYAGE.
RAZZIA ET MOI UTILISONS
.... CARTE.
SHIMY, JADINA, VOULEZ-VOUS
.... AFFAIRES ?

Une petite pause

ÉNIGME 5

Razzia a encore faim. Heureusement, il a emporté quelques gâteaux de l'auberge.

Complète la suite du texte avec les mots suivants : à, de et sans.

1 SUD-EST

POUR NE PAS RISQUER .... S'ÉTOUFFER, DANAËL S'APPLIQUE .... BIEN MÂCHER SES GÂTEAUX. MAIS RAZZIA LES AVALE PRESQUE .... DISCONTINUER.

– TU DEVRAIS MANGER MOINS VITE, ... QUOI TU VAS ÊTRE MALADE ! DÉCLARE DANAËL.

– MAIS Z'AI FAIM ! » RÉPOND RAZZIA À SON AMI. .... GÂTEAUX ZE SERAIS BIEN MALHEUREUX.

– ON DOIT SE REMETTRE EN ROUTE SI ON NE VEUT PAS ÊTRE EN RETARD .... NOTRE RENDEZ-VOUS DE TOUT À L'HEURE AVEC LES AUTRES.

Excès de gourmandise

ÉNIGME 5

Le voyage des deux amis touche à sa fin et ils aperçoivent déjà les toits de Matasa. Comme il reste quelques gâteaux, Razzia voudrait bien les terminer. Danaël lui soutient que sur les 33 gâteaux achetés, il n'en reste qu'un tiers puisqu'ils en ont mangé 22, mais Razzia ne le croit pas.

Aide Razzia à s'y retrouver en simplifiant les fractions suivantes.

$$\frac{22}{33} = \frac{2}{3} \qquad \frac{15}{100} = \frac{.....}{.....} \qquad \frac{24}{48} = \frac{.....}{.....}$$

$$\frac{52}{36} = \frac{.....}{.....} \qquad \frac{21}{28} = \frac{.....}{.....} \qquad \frac{63}{81} = \frac{.....}{.....}$$

Razzia se rend à l'évidence, ils ont bien mangé les deux tiers des gâteaux. Mais cela ne l'empêche pas d'en vouloir encore !

Itinéraire de voyage

ÉNIGME 5

En entrant dans la ville, les deux amis regardent leur carte afin de se repérer et de retrouver les trois autres membres de leur groupe.

Utilise les indices des pages précédentes pour déterminer le chemin que doivent emprunter Danaël et Razzia.

PAGE	61	62	63
CHEMIN	....	....	....
PAGE	64	65	66
CHEMIN	....	....	....
PAGE	67	68	69
CHEMIN	....	....	....

Plan de route

Énigme 5

Pas facile de s'y retrouver ! Les deux amis décident de tracer par avance leur trajet grâce aux indications récoltées en chemin.

Sur le quadrillage, trace le chemin que les deux amis doivent suivre à partir du point D.

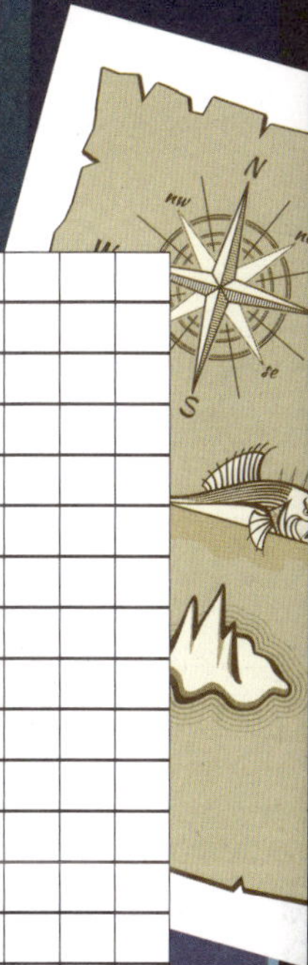

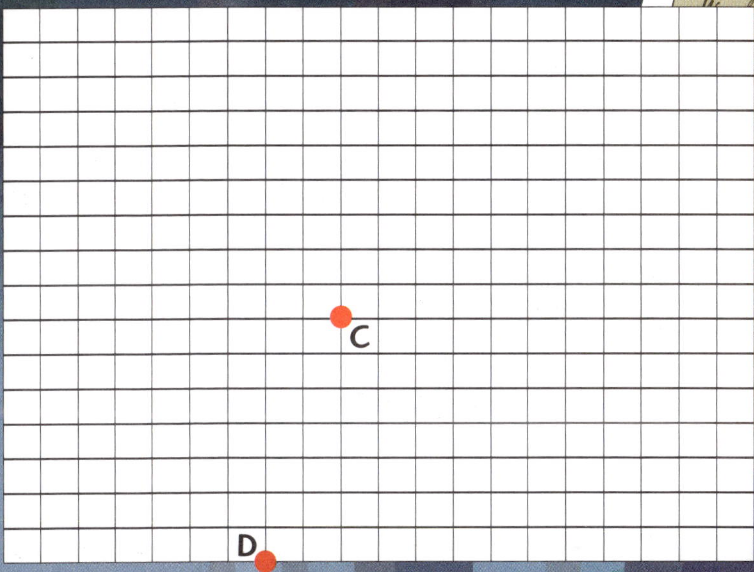

Oups... Razzia a pris la carte à l'envers... Pour réparer son erreur, trace dans une autre couleur le chemin symétrique par rapport au centre C du quadrillage.

Après leur long périple, les deux amis retrouvent enfin Jadina, Gryf et Shimy qui les attendent sur le port.

SOLUTIONS

À vos marques... P. 9

$\frac{5}{3} = \frac{15}{9}$ $\frac{3}{6} = \frac{1}{2}$ $\frac{5}{8} = \frac{20}{32}$ $\frac{8}{16} = \frac{2}{4}$

$\frac{3}{9} = \frac{15}{45}$ $\frac{42}{49} = \frac{6}{7}$ $\frac{8}{6} = \frac{56}{42}$ $\frac{80}{56} = \frac{10}{7}$

$\frac{8}{14} = \frac{4}{7}$ $\frac{60}{36} = \frac{10}{6}$

La bonne direction P. 10

GAUCHE

6 X 3 + 7 X 5 = 53

(32 – 18) : 2 + 1 = 8

12 + 3 X 5 – 8 : 4 = 25

5 – 4 – 2 + 1 = 0

18 : (9 – 6) X 2 = 12

DROITE

6 X (3 + 7) X 5 = 300

32 – 18 : 2 + 1 = 24

(12 + 3) X (8 – 5) : 3 = 15

5 – [4 – (2 + 1)] = 4

18 : 9 – 6 X 2 = –10

98 333

Danaël décide de passer à droite du bateau.

Le classement P. 11

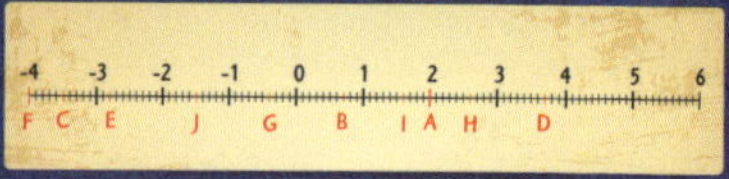

1 concurrent.

Divagations... P. 12

APRÈS SON RÉGIME RAZZIA A BEAUCOUP MAIGRI : IL EST AMAIGRI.

GRYF SORT UN RUBIS DE LA TERRE : IL LE DÉTERRE.

CE PARCHEMIN EST DIFFICILE À LIRE : IL EST ILLISIBLE.

DARKHELL A VOLÉ UNE ÉPÉE PRÉCIEUSE, IL N'EST PAS HONNÊTE : IL EST MALHONNÊTE.

CE GIRAWA N'OBÉIT PAS AUX ORDRES : IL EST DÉSOBÉISSANT.

APRÈS L'UTILISATION DE LA PIERRE DE JOVENIA, LE PEUPLE PARAÎT PLUS JEUNE : IL A RAJEUNI.

JADINA A QUITTÉ SES CHAUSSURES : ELLE S'EST DÉCHAUSSÉE.

LE VOLANTHYL VOLE AU-DESSUS DE L'OCÉAN, IL LE SURVOLE.

Vitesse et temps P. 13

LE PREMIER CONCURRENT VOLE À 15 KM/H PENDANT 45 MINUTES, IL PARCOURT 11,25 KM.

LE SECOND CONCURRENT VOLE À 18 KM/H PENDANT 36 MINUTES, IL PARCOURT 10,8 KM.

LE TROISIÈME CONCURRENT VOLE À 12 KM/H PENDANT 28 MINUTES, PUIS ACCÉLÈRE À 21 KM/H PENDANT 21 MINUTES. IL PARCOURT AU TOTAL 5,6 + 7,35 = 12,95 KM.

LE QUATRIÈME CONCURRENT VOLE À 10 KM/H PENDANT 1 H 30, IL PARCOURT 15 KM.

LE CINQUIÈME CONCURRENT VOLE À 19 KM/H PENDANT 1 H 09, IL PARCOURT 21,85 KM.

Coordination ou subordination ? P. 14

À MOINS QUE (CS) LES AUTRES CONCURRENTS NE FASSENT UNE REMONTÉE RAPIDE, DANAËL SERA EN AVANCE À PLUS DE LA MOITIÉ DE LA COURSE. GRYF ET (CC) JADINA POURRAIENT L'ENCOURAGER SUR LE RESTE DU PARCOURS. OR (CC), COMME ILS SONT TROP LOIN, DANAËL CROIT QU'(CS) IL NE RÉUSSIRA PAS À LES VOIR OU (CC) À LES ENTENDRE SI (CS) ILS NE FONT PAS UN BRUIT ASSOURDISSANT. QUAND (CS) IL PASSERA LA DERNIÈRE BALISE, IL POURRA ENFIN LES ENTENDRE, MAIS (CC) IL EST CERTAIN QUE SES AMIS FERONT ENCORE PLUS DE BRUIT APRÈS QU'(CS) IL AURA PASSÉ LA LIGNE D'ARRIVÉE.

La bonne pêche P. 15

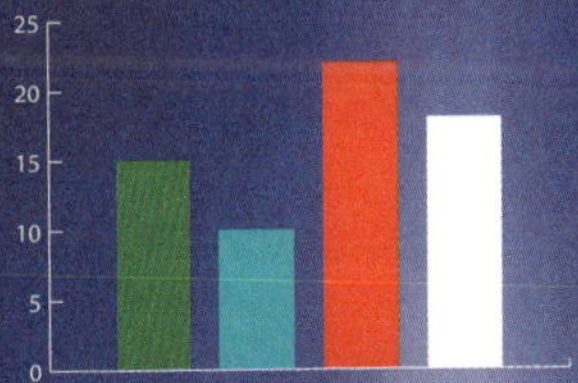

Grille de mots P. 16

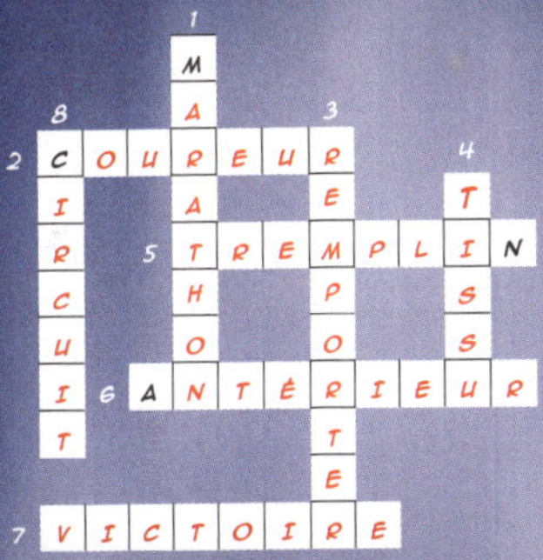

Retrouvailles P. 17

« JE DEVAIS FAIRE ATTENTION À TOUT LE MONDE. LES AUTRES ÉTAIENT RAPIDES ET DANGEREUX. IL FALLAIT QUE JE SOIS DANS LES PREMIERS POUR RÉUSSIR À GAGNER. JE M'ÉLANÇAI RAPIDEMENT DANS LA COURSE. NOUS AVANCIONS TOUS LES UNS CONTRE LES AUTRES, MAIS UN CONCURRENT SE PLAÇA DEVANT MOI ET JE FIS UN DÉTOUR POUR L'ÉVITER. JE PERDIS AINSI UNE OU DEUX PLACES, MAIS CELA N'IMPACTA PAS MON BON DÉPART. J'ÉTAIS DANS LES PREMIERS QUAND MÊME ! VOUS AURIEZ DÛ ÊTRE LÀ ! CE FUT EXTRAORDINAIRE. J'AVAIS L'IMPRESSION DE VOLER. »

Plan de course P. 18

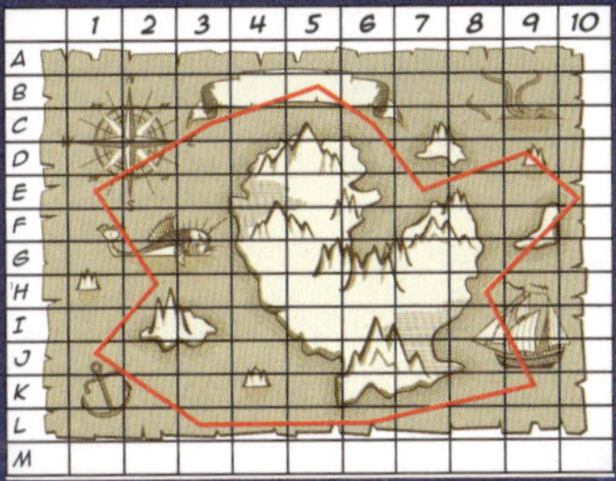

Coffret à bijoux P. 21

VOLUME A : $5^2 \times 2 \times \pi$ = 157,1 CM³

VOLUME D : $3^2 \times 5 \times \pi$ = 141,4 CM³

VOLUME L : $4^2 \times 4 \times \pi$ = 201,1 CM³

VOLUME E : $1^2 \times 10 \times \pi$ = 31,4 CM³

VOLUME M : $2^2 \times 7 \times \pi$ = 88 CM³

Le plus grand coffret est le coffret L.

Biscuits et gourmandise P. 22

- 17
- 4 X N +1
- 101
- 81

La lettre G.

Problème de transport P. 23

AVEC LEURS GÂTEAUX, SHIMY ET JADINA ONT LES MAINS PRISES. ELLES DOIVENT TROUVER UNE SOLUTION POUR POUVOIR LES TRANSPORTER PLUS FACILEMENT. ELLES CHERCHENT UN PANIER OU UN RÉCIPIENT ASSEZ GRAND. ELLES NE VEULENT SURTOUT PAS PERDRE TROP DE TEMPS. UN VENDEUR LEUR PROPOSE UN PANIER RECTANGULAIRE. « VOUS VOYEZ, IL EST ASSEZ GRAND POUR TOUT CONTENIR », DIT-IL. « NOUS LE PRENONS ! » RÉPOND SHIMY AVEC ENTHOUSIASME. ELLES REPARTENT AVEC LE PANIER QUELQUES INSTANTS PLUS TARD.

La lettre E.

Les boîtes magiques P. 24

BOITE 1 : 1 890 CM³
BOITE 2 : 1 890 CM³
BOITE 3 : 1 890 CM³
BOITE 4 : 1 890 CM³
BOITE 5 : 1 890 CM³

Le point commun entre les boîtes est leur volume. La lettre E.

Confrontation P. 25

JE N'AI JAMAIS ACHETÉ DE GÂTEAUX.

JE ME SUIS RAREMENT PROMENÉ DANS LES RUES.

LE CHIEN NE MÂCHOUILLE PAS D'OS.

LE CHAT NE LAPPE PAS DU LAIT.

DEMAIN, CE N'EST PAS L'ANNIVERSAIRE DE DANAËL.

La lettre I.

L'échoppe de fruits P. 26

LOT B : 26,8 KISHUS

LOT N : 17,5 KISHUS

LOT R : 84,9 KISHUS

LOT P : 46 KISHUS

LOT M : 33,2 KISHUS

C'est le lot N.

Le bon accent P. 27

- A -	- B -
UN CONTRÔLE	UN CONTROLE
UN IMPOT	UN IMPÔT
UNE CHUTE	UNE CHÛTE
UNE POÊLE	UNE POÈLE
ÊTRE HONNÊTE	ÊTRE HONNÈTE
C'EST BIENTOT LA NUIT.	C'EST BIENTÔT LA NUIT.
UNE FÊTE	UNE FETE
LA FORET	LA FORÊT

Il s'agit de la colonne A.

Fièvre acheteuse P. 28

La lettre R.

Miroir, miroir… P. 29

PÉRIMÈTRE D'UN CERCLE :
2 X π X R = 2 X π X 2
= 12,56 CM
PÉRIMÈTRE D'UN DEMI CERCLE : 12,56 : 2
= 6,28 CM
PÉRIMÈTRE DU MIROIR :
6,28 X 3 = 18,8 CM

Variable et invariable P. 30

~~MAIS~~	~~RAPIDEMENT~~	~~AUPRÈS~~
~~CERTES~~	~~AUTREFOIS~~	MERINGUÉE
~~SANS~~	~~DORÉNAVANT~~	~~DAVANTAGE~~
~~AINSI~~	~~COMME~~	~~PUISQUE~~
~~JAMAIS~~	~~NAGUÈRE~~	~~PARFOIS~~
~~DEPUIS~~	~~COMBIEN~~	~~PAR~~
~~CEPENDANT~~	~~DESSUS~~	~~NÉANMOINS~~
~~HIER~~	~~LONGTEMPS~~	~~MOINS~~
~~DÉSORMAIS~~	~~JADIS~~	~~TOUTEFOIS~~
TARTE	~~DÉJÀ~~	~~DEMAIN~~
~~DONC~~	~~TRAVERS~~	~~AVEC~~

La lettre S.

Retour à l'auberge P. 31

L É G E N D A I R E S

Grille P. 32

L G E E I N A D R E S -L
G E E I N A D R E S -A
G E E I N D R E S -E
G E I N D R E S -E
G I N D R E S -R
G I N D E S -G
I N D E S -N
I D E S -S
I D E -I
D E

DARKHELL.

L'ascension P. 35

491								
+								
267,5	212,5							
+	-							
-55	322,5	99						
x	-	-						
2	-27,5	-350	-449					
:	-	x	+					
-20	-10	17,5	-20	-429				
-	+	+	:	x				
-7,5	12,5	-22,5	40	-2	214,5			
-	-	x	+	-	x			
4	11,5	-1	22,5	17,5	19,5	11		
+	+	-	x	x	+	-		
0,5	3,5	8	9	2,5	7	12,5	1,5	
-	+	x	+	:	+	x	-	
2	1,5	2	4	5	2	5	2,5	1

Toc toc ! P. 36

S'INGÉNIER •
BATIFOLER •
INFAMIE •
OSTENSIBLEMENT •
INCOGNITO •
STRATAGÈME •

• ACTION VILE, HONTEUSE
• SANS ÊTRE CONNU
• RUSE
• DE FAÇON ÉVIDENTE
• S'AMUSER
• TÂCHER DE TROUVER

Carrelage maudit P. 37

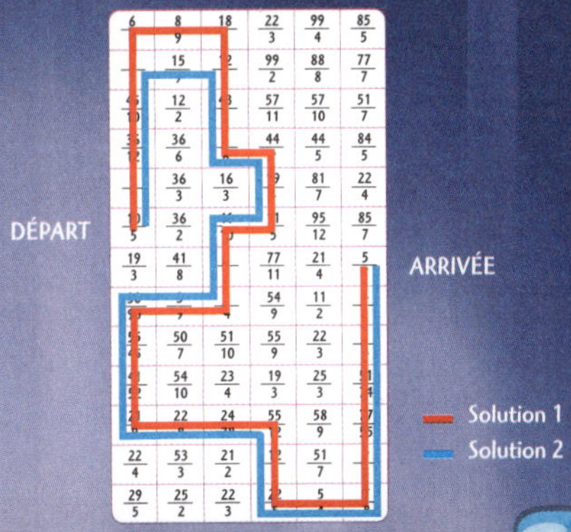

L'escalier P. 38

	A								
L	L	A							
C	L	A	C						
L	C	A	L	E					
B	C	A	B	L	E				
R	B	A	C	L	E	R			
I	B	E	R	C	A	I	L		
G	C	R	I	B	L	A	G	E	
O	B	R	I	C	O	L	A	G	E

Symétrie P. 39

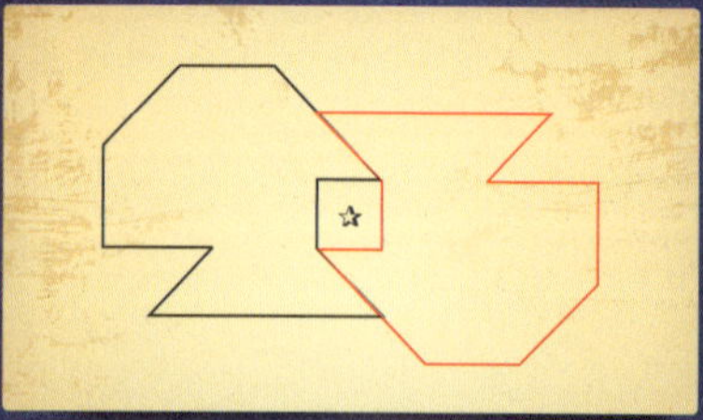

La porte magique P. 40

(9 + 3) x 15 = 180

(2 + 3) x (5 + 4) = 45

180 + 45 x 106 – 198 = 4 752

(8 + 9) x 6 + 4 = 106

9 x (5 + 17) = 198

Le bon pronom P. 41

SHIMY AIMERAIT RETOURNER DANS LE VILLAGE OÙ SES PARENTS SONT NÉS.

DANAËL PREND AU SÉRIEUX LA MISSION À LAQUELLE IL EST DESTINÉ.

LES HISTOIRES DONT GRYF SE VANTE SONT INVENTÉES.

RAZZIA RÊVE DE LA FÊTE À LAQUELLE IL EST INVITÉ.

LE HÉROS QUE JE TROUVE LE PLUS VIL EST DANAËL.

J'ENSORCELLERAI CE COLLIER QUE JADINA ACHÈTERA.

JE POURRAIS ENVOÛTER UN GIRAWA QUI MORDRAIT RAZZIA.

CE LIVRE QUE JE POSSÈDE POURRAIT DÉTRUIRE LES LÉGENDAIRES.

La trappe secrète P. 42

ON DIVISE LA PIÈCE VIOLETTE EN PLUSIEURS FIGURES (CARRÉS OU RECTANGLES) DONT ON CALCULE LES AIRES, PUIS ON SOUSTRAIT L'AIRE DU TRIANGLE BLEU AU TOTAL DES AIRES.

AIRE =
(4 X 4 + 7 X 2 + 10 X 2)
– (3 X 5 : 2) = 42,5 CM^2
OU
(4 X 8 + 3 X 4 + 3 X 2)
– [(3 X 5) : 2] = 42,5 CM^2

Tableaux de proportionnalité P. 43

Oui	Non
Non	Oui

Le labyrinthe P. 44

Les sphères d'eau P. 47

VOLUME =
50 X 150 X 75 = 562 500 CM³

VOLUME =
$\frac{4 \times \pi \times 10^3}{3} = 4\,188{,}7$ CM³

ON DIVISE LE VOLUME DU BAC PAR LE VOLUME DE LA SPHÈRE :
562 500 : 4 188,7 = 134,2
IL FAUDRA 135 SPHÈRES.

Grille de mots P. 48

	1		2					3	
10	V	A	I	N	Q	U	E	U	R
	I		M		5			N	
4	C	O	M	B	A	T		S	
	T		O		R		7		
	O	6	B	A	T	T	R	E	
	I		I				É		
	R	8	L	U	T	T	E		
	E		E			9	L	O	T

Que le meilleur gagne ! P. 49

TRIANGLE DE GAUCHE :
LONGUEUR MANQUANTE =
$\sqrt{15^2 + 36^2} = 39$

TRIANGLE DE DROITE :
LONGUEUR MANQUANTE =
$\sqrt{85^2 - 36^2} = 77$

PÉRIMÈTRE GLOBAL =
15 + 77 + 39 + 85 = 216 M

Course d'orientation P. 50

a = (2 ; 2)
b = (1,2 ; -3)
c = (-3 ; 3)
d = (-0,8 ; 2,2)
e = (-2,8 ; -1,2)
f = (-1 ; 0)

Le bon temps P. 51

IL FAUT QUE J'AVANCE LE PLUS RAPIDEMENT POSSIBLE. C'EST GRÂCE À CES CUBES QU'ILS GAGNENT LA COMPÉTITION. IL EST PROBABLE QUE VOUS PERDIEZ LA PARTIE. POUR CETTE ÉPREUVE, IL FAUT QU'IL AIT LE PLUS DE POINTS POSSIBLE. QUAND TU PARTICIPES À UNE ÉPREUVE, IL FAUT QUE TU SOIS À L'HEURE. AVEC LES AUTRES, PARFOIS, IL FAUT QUE NOUS PRENIONS NOTRE TEMPS POUR COMPRENDRE LA RÈGLE DU JEU.

Ordre croissant P. 52

$-754 < -451 < -52 < -27 < 25 < 44 < 103 < 395$

J'AI RAMENÉ DU MARCHÉ UNE BOTTE DE RADIS.

APRÈS UNE BONNE POIGNÉE DE MAIN, LES DEUX AMIS SE SONT SÉPARÉS.

QUAND J'AI OUVERT CE LIVRE, JE ME SUIS DEMANDÉ DE QUOI IL PARLAIT.

POUR CETTE COMPÉTITION, IL LUI FAUT UN PEU DE CHANCE.

IL FAISAIT CHAUD, JE ME SUIS BAIGNÉ DANS LA RIVIÈRE.

ELLE NE SAIT PLUS OÙ ELLE A POSÉ SA DAGUE TRANCHANTE.

Fractions

P. 54

Dernière épreuve

P. 55

OBSTACLE 1 : 30 SECONDES.

OBSTACLE 2 : 24 SECONDES.

OBSTACLE 3 : 48 SECONDES.

OBSTACLE 4 : 36 SECONDES.

OBSTACLE 5 : 85 SECONDES.

Au total, Gryf a mis 3 minutes et 43 secondes pour finir le parcours.

PAGE	47	48	49	50	51
POINTS	11	15	21	17	10
PAGE	52	53	54	55	56
POINTS	25	7	19	22	24

La moyenne de Gryf est de 17,1.

Message codé

P. 57

MERCI D'ÊTRE VENUS ME SOUTENIR ! VOUS ÊTES LES MEILLEURS AMIS QUE J'AI JAMAIS EUS. MÊME SI JE PERDS, JE ME SUIS BIEN AMUSÉ ET JE SUIS CONTENT D'AVOIR PARTICIPÉ.

Graphique

P. 58

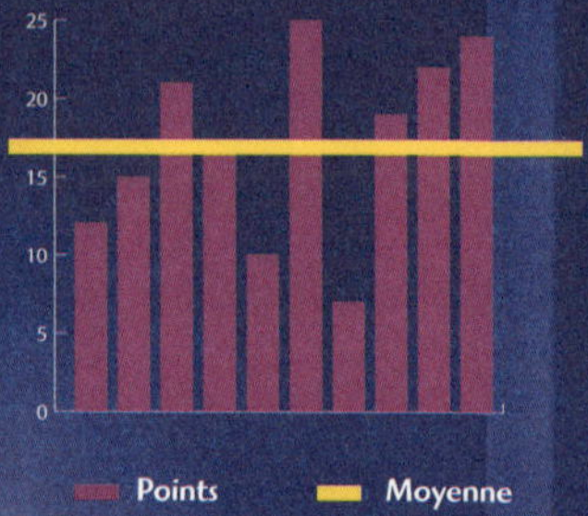

La croisée des chemins

P. 61

$\hat{a} = 56°$

$\hat{b} = 56°$

$\hat{c} = 34°$

$\hat{d} = 56°$

$\hat{e} = 124°$

$\hat{f} = 34°$

$\hat{g} = 146°$

Les deux amis doivent se rendre vers la lettre T.

Le passeur P. 62

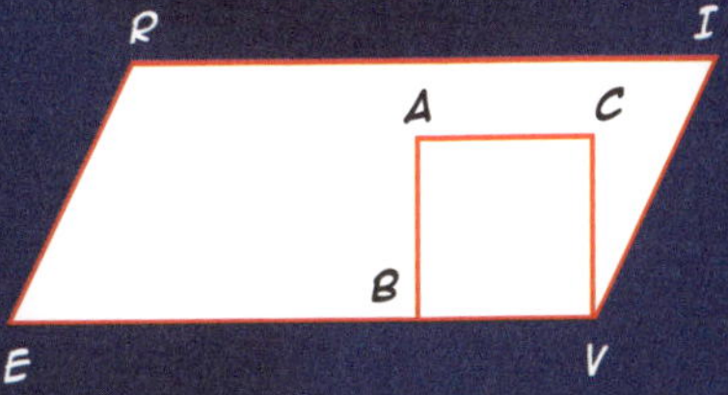

Hypothèses et suppositions P. 63

SI LES BANDITS ATTAQUAIENT, NOUS NOUS BATTRIONS. SI JE ME PERDAIS, JE RETROUVERAIS CERTAINEMENT MON CHEMIN. LE GIRAWA POURRAIT SE BLESSER EN ROUTE. RAZZIA, TU COURRAIS CHERCHER DE L'AIDE PENDANT QUE JE LES RETIENDRAIS. MESSIEURS LES MARCHANDS, EN CAS DE GRABUGE, VOUS VOUS METTRIEZ À L'ABRI. APRÈS NOTRE VICTOIRE, LES BANDITS SE SAUVERAIENT CERTAINEMENT.

À table ! P. 64

FRÉQUENT -> FRÉQUEMMENT
SUFFISANT -> SUFFISAMMENT
COURANT -> COURAMMENT
COPIEUX -> COPIEUSEMENT
FOU -> FOLLEMENT
GAI -> GAIEMENT
INNOCENT -> INNOCEMMENT
LONG -> LONGUEMENT
TRISTE -> TRISTEMENT
SILENCIEUX -> SILENCIEUSEMENT

Bulletin météo P. 65

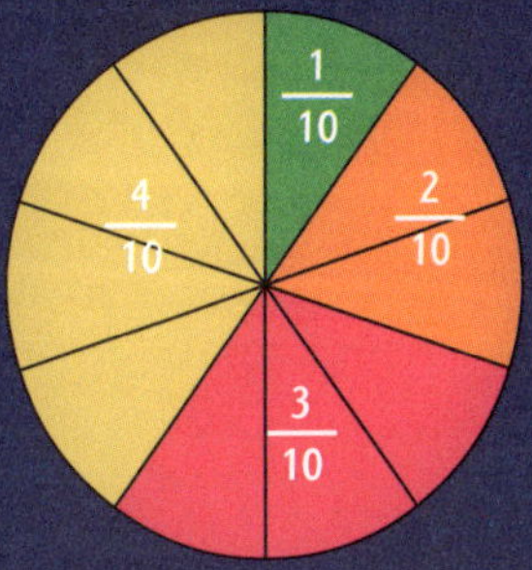

Ce sont les villes qui ont le plus de jours de vent.

Averse de chiffres P. 66

VILLE	TÉKINBOLOS	MATASA	OROBAN	PINKOULI
JOURS DE VENT	5	15	10	20
JOURS DE PLUIE	83	53	68	38

Les pronoms possessifs P. 67

JADINA REFUSE QU'ON TOUCHE À SON BÂTON.

ELLE NE PRÊTE QUE RAREMENT SES AFFAIRES.

HEUREUSEMENT, DANAËL ET RAZZIA PARTAGENT LEUR(S) REPAS.

GRYF, JADINA ET MOI, NOUS AVONS NOS HABITUDES.

SHIMY VEILLE AVEC SOIN SUR SA CAPE.

RAZZIA ET MOI UTILISONS NOTRE CARTE.

SHIMY, JADINA, VOULEZ-VOUS VOS AFFAIRES ?

Une petite pause P. 68

POUR NE PAS RISQUER DE S'ÉTOUFFER, DANAËL S'APPLIQUE À BIEN MÂCHER SES GÂTEAUX. MAIS RAZZIA LES AVALE PRESQUE SANS DISCONTINUER.

– TU DEVRAIS MANGER MOINS VITE, SANS QUOI TU VAS ÊTRE MALADE ! DÉCLARE DANAËL.

– MAIS Z'AI FAIM ! RÉPOND RAZZIA À SON AMI. SANS GÂTEAUX ZE SERAIS BIEN MALHEUREUX.

– ON DOIT SE REMETTRE EN ROUTE SI ON NE VEUT PAS ÊTRE EN RETARD À NOTRE RENDEZ-VOUS DE TOUT À L'HEURE AVEC LES AUTRES.

Itinéraire de voyage P. 70

PAGE	61	62	63
CHEMIN	3 NORD	4 OUEST	2 NORD
PAGE	64	65	66
CHEMIN	4 NORD-EST	3 NORD-OUEST	4 EST
PAGE	67	68	69
CHEMIN	1 SUD	1 SUD-EST	4 NORD

Excès de gourmandise P. 69

$\frac{22}{33} = \frac{2}{3}$ $\frac{15}{100} = \frac{3}{20}$ $\frac{24}{48} = \frac{1}{2}$

$\frac{52}{36} = \frac{13}{9}$ $\frac{21}{28} = \frac{3}{4}$ $\frac{63}{81} = \frac{7}{9}$

Plan de route P. 71

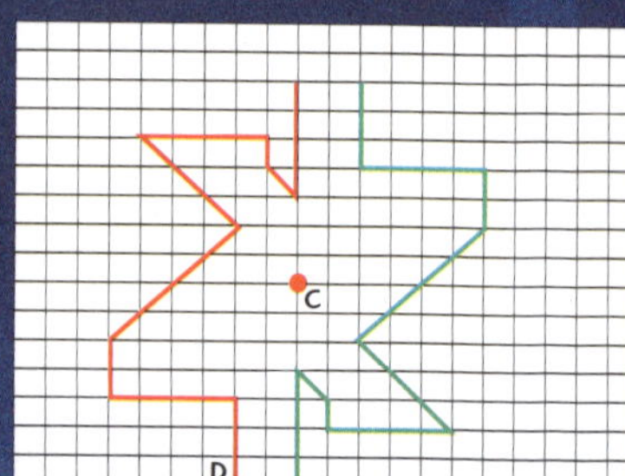

Achevé d'imprimer en mars 2022 par Estella Print en Espagne
Dépôt légal : avril 2022 - 329737/01
N° de projet : 11048761